DIE WOLKE
GRAPHIC NOVEL

Die Wolke

EINE GRAPHIC NOVEL VON

ANIKE HAGE

NACH DEM ROMAN VON

GUDRUN PAUSEWANG

RAVENSBURGER BUCHVERLAG

BIBLIOGRAFISCHE INFORMATION DER DEUTSCHEN NATIONALBIBLIOTHEK:

DIE DEUTSCHE NATIONALBIBLIOTHEK VERZEICHNET DIESE PUBLIKATION IN DER DEUTSCHEN NATIONALBIBLIOGRAFIE. DETAILLIERTE BIBLIOGRAFISCHE DATEN SIND IM INTERNET ÜBER **HTTP://DNB.D-NB.DE** ABRUFBAR.

DIE ORIGINALAUSGABE ERSCHIEN 1987
IM RAVENSBURGER BUCHVERLAG UNTER DEM TITEL »DIE WOLKE«

1 2 3 10 09 08

ILLUSTRATION UND TEXTADAPTION: ANIKE HAGE
SATZ UND TYPOGRAFIE: ALEXANDRA GREINACHER
REDAKTION: BRITTA KEIL

PRINTED IN GERMANY

ISBN 978-3-473-35294-4

WWW.RAVENSBURGER.DE

Was tun? H-Milch kaufen oder Büchsenmilch?
Wir wissen es nicht.
Regenschirm oder abduschen?
Wir wissen es nicht.

Es geht um mehr als um Tiefkühlkost
und um die Frage
nach dem unbedenklichen Verzehr von Blattspinat
in den richtigen Bundesländern.

Unsere Politiker haben sich tot gestellt.
Kein Ton von den Herren, die so gerne reden.
Wenn Menschen der Strahlengefahr direkt ausgeliefert sind,
entfaltet sich administrative Funkstille.

Der Staat ist untergetaucht.

Ruhe bewahren,
nur keine Aufregung,
Gras darüber wachsen lassen:
Die Atompolitik darf nicht gefährdet werden.

Versagen gehört zu unserer Welt.
Es gibt keine absolute Sicherheit.
Jede Technik hat Schwachstellen.
Versagen ist menschlich.
Mit Versagen nicht zu rechnen,
ist verantwortungslos und unmenschlich.
Die Atomwirtschaft setzt auf technische Wunderwerke,
die nicht versagen.

Aber sie haben versagt.

Diese Anzeige erschien am 23.5.1986, vier Wochen nach dem Reaktorunfall von Tschernobyl, in der Wochenzeitung DIE ZEIT. Sie entstand in einem Freundeskreis von sieben Männern und Frauen. Als verantwortlich im Sinne des Presserechts zeichnete Inge Aicher-Scholl, die Schwester von Hans und Sophie Scholl.

Am 26. April 1986 wird durch eine Explosion ein Reaktorblock im Kernkraftwerk Tschernobyl (Ukraine) zerstört und radioaktive Strahlung freigesetzt.

Spezialisten auf der Fahrt zu Dekontaminationsarbeiten in Tschernobyl, 1986

Dekontaminationsmaßnahmen im Bereich um das Kernkraftwerk, 1986

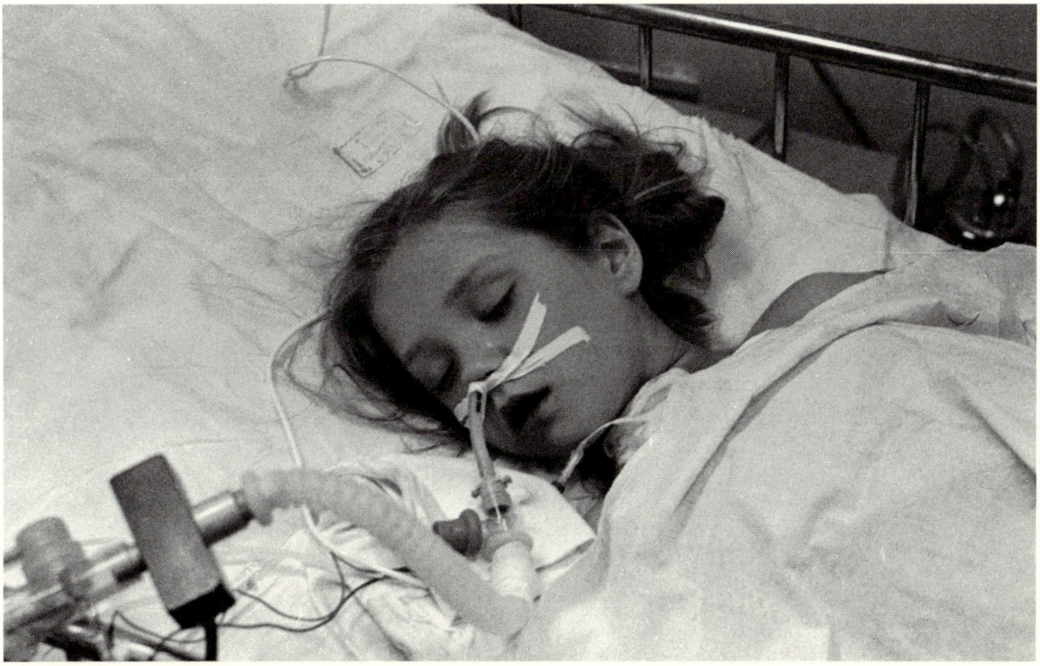

Opfer der Reaktorkatastrophe im Zentrum für Kinderchirurgie in Minsk, 1991

WEEE-VEEEOUU
!
WEEE-EEEOO
NEUN VOR ELF!
KOMISCHE ZEIT FÜR EINEN PROBEALARM ...
ES STAND AUCH NICHTS DAVON IN DER ZEITUNG!
DAS IST ABC-ALARM!
WAHRSCHEINLICH STAND'S DOCH IRGENDWO UND ICH HAB'S NUR ÜBERSEHEN ...

MACHEN WIR WEITER!
KRRRK
ACHTUNG! AN ALLE SCHÜLER UND LEHRKRÄFTE ...
... SOEBEN WURDE ABC-ALARM AUSGERUFEN!
KRRRK
...
DER UNTERRICHT SCHLIESST AB SOFORT!
ALLE SCHÜLER BEGEBEN SICH AUF SCHNELLSTEM WEG NACH HAUSE!
TAP
ABC-ALARM?!
TAP TAP TAP
ELMAR HATTE RECHT!
KANNST DU WAS SEHEN?
WAS BEDEUTET DAS JETZT?
NÖ.

VERSTEHST DU, WAS DAS SOLL?
KEIN STÜCK!
GEHT JETZT NACH HAUSE!
WAS IST DENN ÜBERHAUPT LOS?
ICH WEISS AUCH NICHT MEHR ALS IHR.
BITTE GEHT JETZT!

SOLL WAHRSCHEINLICH EINE BESONDERS LEBENSNAHE KATASTROPHENÜBUNG SEIN!
DANN HÄTTE HERR BENZING DAVON GEWUSST!
DU HAST DOCH GEHÖRT, WAS ER GESAGT HAT!
...

HAST DU 'NE BESSERE IDEE?
MARKT EBERSDORF!
ALARM IN MARKT EBERSDORF!
DAS IST DOCH ...
... IST DA NICHT EIN KERNKRAFTWERK?
DANN KÖNNTE ES DOCH SEIN ...
... DASS DORT ETWAS PASSIERT IST?!

DU MEINST WIE IN TSCHERNOBYL?
WÄRE DOCH MÖGLICH!
OH MANN!
AUCH DAS NOCH!
UM DIESE ZEIT FAHREN KEINE BUSSE.
DANN KOMM DOCH ERST MAL MIT ZU MIR.

DAS IST ECHT NETT.
ABER ES GEHT AUF KEINEN FALL!
MEINE ELTERN SIND HEUTE IN SCHWEINFURT.
TUP
TUP
MEIN VATER IST AUF EINER TAGUNG ...
... UND MEINE MUTTER BESUCHT MEINE OMA.
SIE KOMMEN ERST MORGEN ZURÜCK!
MEIN KLEINER BRUDER ULI IST ALSO GANZ ALLEIN ZU HAUSE.
ICH MUSS MICH UM IHN KÜMMERN!

MEIN ANGEBOT STEHT.
FALLS DU ES DIR DOCH N...
HEY, JANNA!!!
!
DAS IST LARS!
DER WOHNT BEI MIR IM ORT!
WIR HABEN NOCH WAS FREI, WILLST DU MITFAHREN?
JA! ICH FAHRE GERNE MIT!

HAST DU EIN GLÜCK!
MACH'S GUT, MEIKE!
WIR SEHN UNS!
ICH HABE SIE NICHT WIEDERGESEHEN ...
KLAPP
KROOOM

Schlupp
EIN ZIEMLICHES CHAOS!
WAR JA KLAR!
DIE MEISTEN VERSUCHEN AUS DER GEGEND WEGZUKOMMEN!
NEXT
KEIN WUNDER, WENN ES TATSÄCHLICH EINEN REAKTORUNFALL GEGEBEN HAT!
TOK
TOK
ZU DUMM, DASS MEIN RADIO KAPUTT IST!

WIE WEIT IST ES EIGENTLICH BIS MARKT EBERSDORF?
SO SIEBZIG BIS ACHTZIG KILOMETER.
ABER TSCHER-NOBYL!
DAS WAR SOGAR 1500 KILO-METER ENTFERNT!
DU VERGISST DEN WIND!
ES KOMMT ALLES AUF DEN WIND AN!
NUR SÜDOSTWIND KANN UNS GEFÄHRLICH WERDEN UND DEN HABEN WIR SO GUT WIE NIE.

UND WENN DOCH ...
... DANN KANN DAS ZEUG IN ZWEI STUNDEN HIER SEIN!
RED KEIN BLECH!
BLECH? ZWANZIG MINUTEN HABEN WIR VON FULDA HIERHER GEBRAUCHT!
UND WER WEISS, WANN'S PASSIERT IST!
VIELLEICHT SCHON VOR STUNDEN. DANN SIND WIR HIER LÄNGST EINGEDECKT!
SCHWEINFURT WIRD JETZT SCHON LEER SEIN, VORAUSGESETZT DER KATASTROPHENSCHUTZ HAT FUNKTIONIERT!
SCHWEIN-FURT?!

WIESO SCHWEINFURT?
DU STELLST FRAGEN!
WEIL SCHWEINFURT GENAU NEBEN MARKT EBERSDORF LIEGT!
WENN'S EIN SUPERGAU WAR, KANNST DU DEN KATASTROPHEN-SCHUTZ EH VERGESSEN!
DANN BRAUCHEN DIE IN SCHWEINFURT NUR NOCH TOTENGRÄBER UND SPEZIALISTEN FÜR KNOCHENMARK-TRANSPLANTATION!
...
NUR IN SCHWEINFURT?
BIST DU SICHER?

MAMA ...
PAPA ...
LEBT!
TAP TAP
TAP
TAP
BITTE LEBT!
KRK

ULI?
EIN GLÜCK!
NA?!
DU BIST ZU HAUSE!
...
UH! WAS IST DENN?
SAG, HAT DAS TELEFON GEKLINGELT?
HAT MAMA ODER PAPA ANGERUFEN?

DAS TELEFON HAT GEKLINGELT, ABER DA WAR ICH IM KELLER KARTOFFELN HOLEN!
ALS ICH WIEDER HOCHKAM, WAR'S SCHON WEG!
WARUM BIST DU NICHT HOCHGERANNT?
DU BIST EIN SCHAF!
WIR WOLLTEN DOCH HEUTE REIBEKUCHEN MACHEN!
DIE BERICHTEN DAUERND WAS VON EINER WOLKE!
UND DIE WOLKE IST GIFTIG!
ICH HAB'S ABER NICHT RICHTIG MITBEKOMMEN!
...

WIR SOLLEN IN DEN KELLER GEHEN UND ALLE FENSTER UND TÜREN ZUMACHEN!
ABER DIE ANDEREN FAHREN ALLE WEG!
ES GEHT KEINER RAN!
SIE HABEN ANGST!
WIR AUCH?
NEIN, WIR HABEN KEINE ANGST!

GUT! BLEIBEN WIR HIER ODER FAHREN WIR WEG?
WENN WIR NÄMLICH DABLEIBEN, GEH ICH DIE KARTOFFELN FERTIG REIBEN!
ICH HAB HUNGER!
...
HMM ...
WIR BLEIBEN!
UND ZWAR IM VORRATSKELLER! DAS IST DER BESTE RAUM!

DENK NACH, DASS WIR AUCH NICHTS VERGESSEN!
SIND ALLE FENSTER ZU?
JAPP!
UND HAST DU AUCH SONST DEINE WICHTIGSTEN SACHEN? WIR KÖNNEN NICHT ANDAUERND HOCHRENNEN!
UND WENN WIR MAL MÜSSEN?
TJA, DANN ...
ÄHM ...
KRIIING
KRIIING
DAS TELEFON!
KRIIING

HALLO?
JANNA?
BIST DU ES?
MAMA!
GOTT SEI DANK! ICH HAB SCHON ZWEIMAL ANGERUFEN, ABER ES IST NIEMAND RANGEGANGEN!
ICH BIN GERADE ERST HEIM-GEKOMMEN!
SOLLEN WIR WIRKLICH IM KELLER BLEIBEN?
DIE ANDEREN FAHREN ALLE WEG!
NEIN!
NICHT IN DEN KELLER! DA SEID IHR NICHT SICHER! IHR MÜSST SO SCHNELL WIE MÖGLICH VERSCHWINDEN!

OKAY. UND WO TREFFEN WIR UNS?
NIMM DAS GRÜNE ADRESSBUCH AUS MEINEM SCHREIBTISCH. DORT SIND ALLE ADRESSEN UND TELEFONNUMMERN DRIN!
HELGA IN HAMBURG IST DIE ERSTE KONTAKT-ADRESSE!
HÖRST DU?
JETZT FAHRT LOS!
FAHRT LOS, UM HIMMELS WILL...
...
TUT
TUT TUT
TUT TUT
TUT TUT
MIST!
PACK SCHNELL DEINE SACHEN!
WIR SOLLEN SOFORT WEG VON HIER!

IST DENN ALLES OKAY BEI MAMA UND PAPA?
STELL JETZT KEINE FRAGEN, ULI!
MACH, WAS ICH GESAGT HABE!
LOS JETZT!
ICH GEH JA SCHON!
JETZT HABEN WIR DOCH ANGST ...
MAMA ...

MACH DIR KEINE SORGEN! ICH PASSE GUT AUF ULI AUF! VERSPROCHEN!
KLAPPER
ULI!
KLAPPER
HMM ...
ULI, BIST DU SO WEIT?

MENSCH, ULI, DAS IST KEIN SPASS! BEWEG DICH!
DU HAST JA NOCH NICHT MAL SCHUHE AN!
COCO!
WIR KÖNNEN IHN NICHT EINFACH HIERLASSEN!
ICH SOLLTE MICH DOCH GUT UM IHN KÜMMERN!
KLACK
KLACK
WER SOLL DAS MACHEN, WENN WIR WEG SIND?

NIEMAND!
DER VOGEL IST JETZT AUCH GAR NICHT WICHTIG!
AUA!
NATÜRLICH IST ER WICHTIG!
OH MANN!
NA GUT ...

WIR KÖNNEN COCO AUF KEINEN FALL MITNEHMEN!
ABER WENN WIR IHN FLIEGEN LASSEN, PASST ER AUF SICH SELBST AUF!
ER IST JA EIN VOGEL.
ER FLIEGT EINFACH WEG!
UND WAS IST MIT DER GIFTIGEN WOLKE?
KEINE SORGE.

SICHER?
DAVOR FLIEGT ER DAVON! TIERE WISSEN, WENN ETWAS NICHT STIMMT!
JA. GANZ SICHER!
UND WIR MÜSSEN ES GENAUSO MACHEN!
JETZT GANZ SCHNELL WEG VON HIER!
ALSO VERSPRICH MIR, DASS DU NICHT MEHR TRÖDELST!
UND DASS DU AUF DAS HÖRST, WAS ICH SAGE, BIS WIR WIEDER BEI MAMA UND PAPA SIND!

OJE!
WAS FÜR EIN GEDRÄNGEL!
DIE WOLLEN ALLE RICHTUNG NORDEN.
HA, GUT, DASS WIR UNSERE FAHRRÄDER HABEN!
STIMMT!

SO KOMMEN WIR SCHNELLER VORWÄRTS ALS DIE!
SAG MAL, WOHIN FAHREN WIR DENN?
BAD HERSFELD!
WIR FAHREN BIS ZUM BAHNHOF UND VON DORT GEHT'S MIT DEM ZUG WEITER!
WIR NEHMEN DEN ICE NACH HAMBURG ZU TANTE HELGA!
UND DORT TREFFEN WIR MAMA UND PAPA!
GUT!

VOLLGAS!

KEUCH
KEUCH
KEUCH
MEINE KNIE TUN SO WEH!
JANNAAAA!
ICH KANN NICHT MEHR!
LASS UNS EINE PAUSE MACHEN!
BIST DU VERRÜCKT? WIR HABEN NOCH NICHT MAL DIE HÄLFTE DER STRECKE!
BUHAAA!
WÄÄ ÄÄ ÄÄ
EEEHEEE
...

wimmer
DU BIST EINE HEULSUSE, WEISST DU DAS?
NA GUT!
FÜNF MINUTEN PAUSE. NICHT LÄNGER!
OKAY!
sniff
NICHT TRÖDELN, ULI!
JA JA!
mampf
GULP
GULP
WIR MÜSSEN WEG, BEVOR DIE WOLKE HIER IST!

SIEHST DU VIELLEICHT 'NE WOLKE?
mampf
DIE KANN MAN NICHT SEHEN!
DAS GIFT IST UNSICHTBAR!
...
...
KANN MAN JA DOCH!
!
GUCK! DA!

AUCH DAS NOCH!
DAS IST EIN GEWITTER!
OCH SO!
ICH DACHTE SCHON E...
AUAAA!
SIEHST DU NICHT?
DAS KOMMT DIREKT VON SÜDEN!
DAS GANZE GIFT KÖNNTE IM REGEN SEIN!

PAUSE IST BEENDET. AB AUFS RAD!
OCH MANN ...
MEINE KNIE TUN WEH!
UND MEIN HINTERN TUT AUCH WEH!
WIR MÜSSEN ABER WEITER!
ES ZIEHT HIERHER!
NICHT MEHR LANGE, DANN SIND WIR IN ASBACH!
AUF DEN NORMALEN STRASSEN FÄHRT ES SICH LEICHTER!

RUHE BEWAHREN, LEUTE!
HIER GEHT ES NICHT WEITER!
WIR MÜSSEN ZUM BAHNHOF!
DIE STADT WIRD EVAKUIERT!
DIE BUNDES-STRASSE IST VON HIER BIS BAD HERSFELD AB SOFORT FÜR JEDEN VERKEHR GESPERRT!
WIR HABEN HEUTE EINFACH KEIN GLÜCK!

LASSEN SIE UNS GEFÄLLIGST DURCH, MANN!
DAS HAT KEINEN ZWECK!
IN DER STADT HERRSCHT PANIK. DER VERKEHR IST ZUSAMMENGEBROCHEN, AUCH AUF DEN AUSFALLSTRASSEN!
MÄRCHEN!
SCHWEINE-REI!
UND WO, BITTE SCHÖN, SOLLEN WIR HIN?
WARTEN SIE AUF DIE EVAKUIERUNG!

SETZEN SIE SICH IN IHRE AUTOS UND SCHLIESSEN SIE DIE FENSTER!
VOR ALLEM: BEWAHREN SIE RUHE!
VON WEGEN!
ICH SITZE NICHT HIER RUM UND WARTE, BIS DAS ZEUG DA IST!
IHR SOLLTET BESSER DIE STRASSE FREIMACHEN!
DENN WIR FAHREN DA JETZT DURCH!
...

BLEIBEN SIE STEHEN!
DAS HABT IHR EUCH SO GEDACHT!
HIER KOMMEN WIR AUF KEINEN FALL WEITER, ULI!

DA LANG!
WIR VERSUCHEN ES ÜBER DEN FELDWEG!
IMMER SAGST DU WAS ANDERES!
BUMP
SCHIESSEN DIE WELCHE TOT?
DIE HABEN NUR IN DIE LUFT GEKNALLT!

...
DU FÄHRST VIEL BESSER, ALS ICH DACHTE!
schnauf
ICH HÄTTE DIR DIE LANGE STRECKE GAR NICHT ZUGETRAUT!
DIESER WEG IST DOCH GAR NICHT SCHLECHT UND NUR FÜR UNS ALLEINE!
AUTOS KOMMEN HIER NICHT DURCH!
UND BALD SITZEN WIR IM ZUG UND KÖNNEN UNS AUSRUHEN!

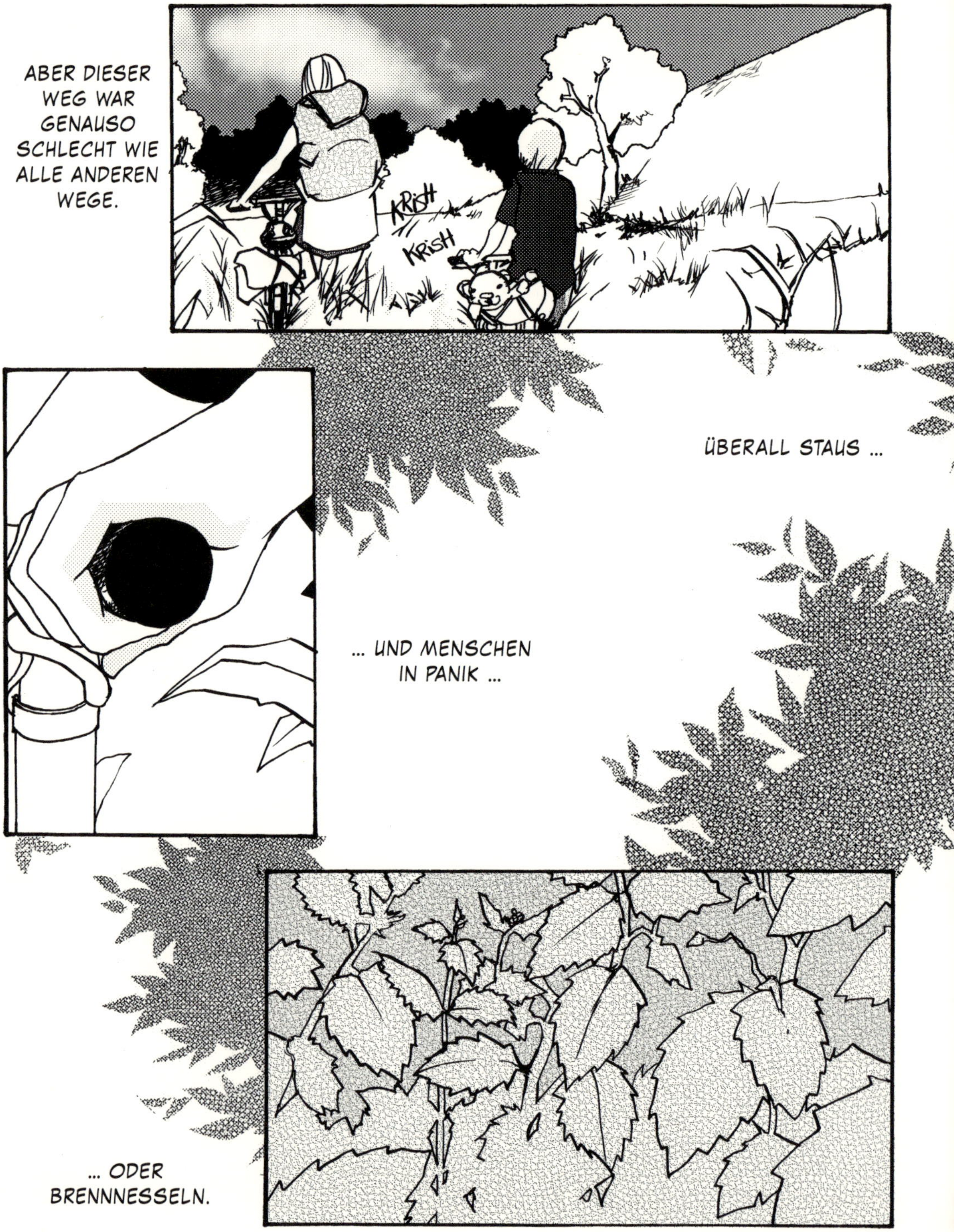
ABER DIESER WEG WAR GENAUSO SCHLECHT WIE ALLE ANDEREN WEGE.
KRISH
KRISH
ÜBERALL STAUS ...
... UND MENSCHEN IN PANIK ...
... ODER BRENNNESSELN.

UND WAS JETZT?
WAS?
KLIRR

HEY!
JETZT NICHT SCHON WIEDER WEINEN!
WIR FINDEN EINEN ANDEREN WEG. VERSPROCHEN!
DAS GEWITTER HAT UNS NOCH NICHT EINGEHOLT.
ES IST NICHT ZU SPÄT!
WROMM

HÖRST DU DAS AUCH?
JA!
DAS KLINGT NACH AUTOS!
AUF DER ANDEREN SEITE VOM BAHNDAMM FAHREN AUTOS!
UND WO DIE FAHREN KÖNNEN, MUSS EIN WEG SEIN!

WOW, JANNA!
DA UNTEN IST EIN TOLLER WEG!
stöhn
FAST SO GUT WIE EINE STRASSE!
HA!

WIE DAS LEUCHTET!
JETZT SCHAFFEN WIR'S DOCH!
AA AA AA!
VORSICHT!

DU KANNST NICHT DURCH DEN LOSEN SCHOTTER!
WHAAAAH!
ULI!

OH NEIN!
NEIN!
TAP
TAP
TAP
hust
AUA.
VRROOM

WROOM

WHUMP
WRRUOOM

WIRD ALLES WIEDER GUT!
HUP HUP
HEY, MÄDCHEN, WEG DA!
WEG VON D...
OH GOTT.

DAS IST JA GRAUENVOLL!
STEIG EIN!
WIR NEHMEN DICH MIT!
ULI MUSS MIT!
DU KANNST IHM NICHT MEHR HELFEN!
KOMM, KLEINES!
ER IST MEIN BRUDER!
HUP
HUP
KOMM SCHON!
NEIN!
NEIN!
NEIN!

IHR KÖNNT IHN NICHT EINFACH IM FELD LIEGEN LASSEN!
ER MUSS MIT!
ULI MUSS MIT!

BAD HERSFELD!
WIR SIND DA!
ALLES AUSSTEIGEN! WIR GEHEN ZU FUSS WEITER!
NIMM NINA AN DIE HAND, DAMIT WIR UNS NICHT VERLIEREN!
JETZT MÜSSEN WIR EIN BISSCHEN LAUFEN.
WENN WIR NICHT SCHNELL GENUG AUF DEN BAHNHOF KOMMEN, HOLT UNS DIE WOLKE EIN!

KENNST DU DICH IN BAD HERSFELD AUS?
JA.
GOTT SEI DANK!
SIE KENNT SICH AUS!
ZUM BAHNHOF, HÖRST DU?
AUF DEM SCHNELLSTEN WEG!

GLEICH REGNET'S!
DANN KRIEGEN WIR ALLES AB!
LASST WENIGSTENS DIE KINDER REIN!
LASST UNS REIN!
RACKEL
RACKEL
AUF-MACHEN!
HALTET EUCH FEST, KINDER!
KLACK
SIE DRÜCKEN DIE ABSPERRUNG EIN!
HILFE!

WUMMS
AU!
ZU DEN ZÜGEN!
DAS TOR IST AUF!
NINAAA!
PAPAAA!
WARTE AUF UNS, PAPA!
KOMM MIT!

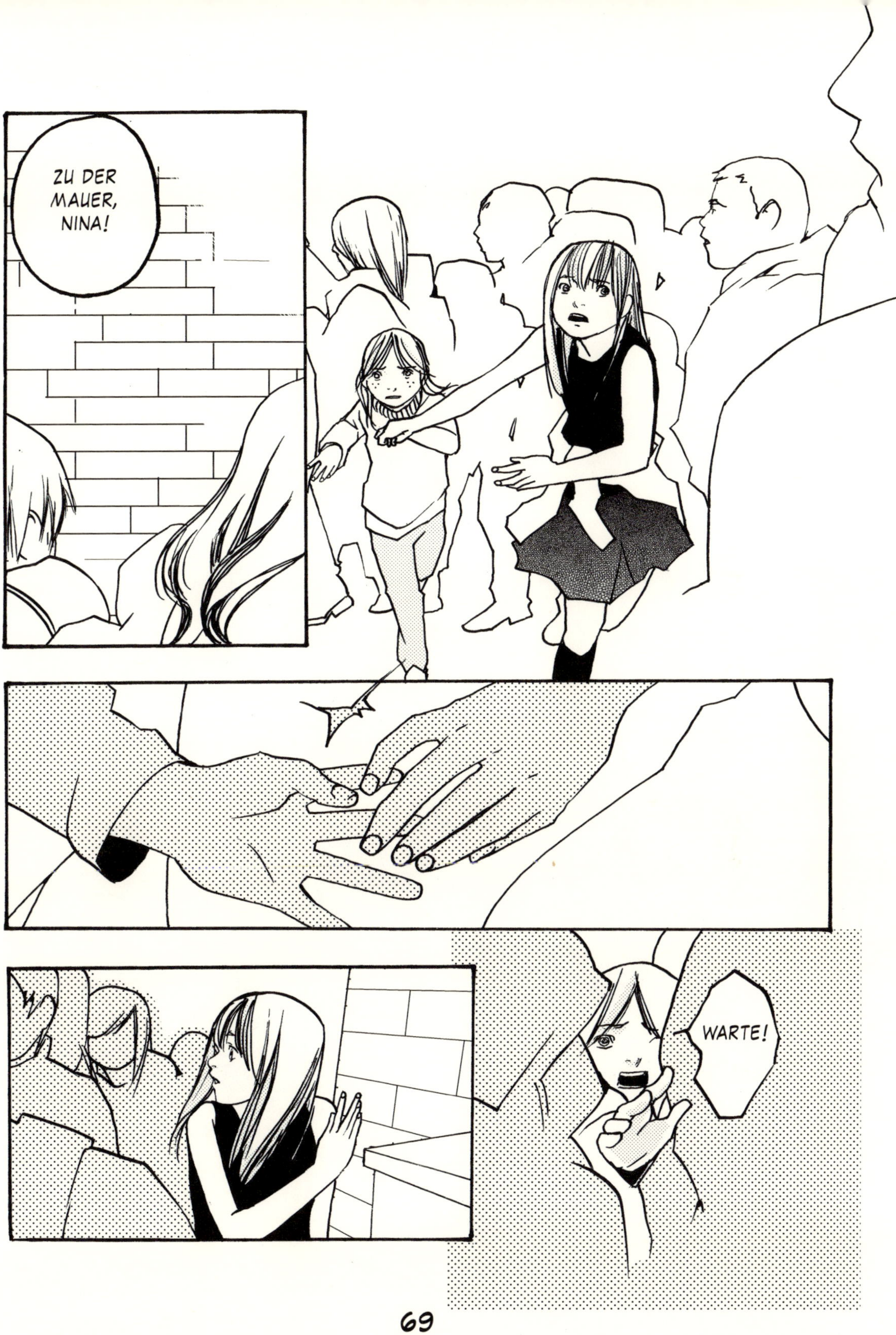
ZU DER
MAUER,
NINA!
WARTE!

...
WO IST SIE?
WO IST NINA?
...
SAG SCHON!

DU ...
DU ...
HA
HA
HA
HA

HA
HA HA HA
TAP
TAP
TAP
TAP
GRUMMEL
Slip
Slip
Slip

ULI ...
ICH KOMME ZURÜCK.
HAB KEINE ANGST, ULI!
PLITSCH
PLITSCH

GLEICH BIN ICH BEI DIR.
TAP
TAP
TAP
DANN SUCHEN WIR MAMA UND PAPA.
TAP
TAP
ULI!
WIR FAHREN ZU TANTE HELGA NACH HAMBURG UND WARTEN, BIS DAS ALLES HIER VORBEI IST.

NA, ENDLICH AUFGE-WACHT?
!

!
WO BIN ICH?
NOTHOSPITAL HERLESHAUSEN.
DAVON HABEN SIE VIELE EINGERICHTET.
DIE KRANKEN-HÄUSER SIND VOLL!
ICH HAB DIE ÄRZTE GEHÖRT.
SIE SAGEN, DU BIST DIREKT IN DEN REGEN GEKOMMEN.
UND EINEN SCHOCK HAST DU.
HEY!
HÖRST DU ÜBERHAUPT ZU?
ULI ...

NA JA, BIN ICH WENIGSTENS NICHT MEHR ALLEIN MIT DEN GANZEN KLEINKINDERN!
DIESES GERENNE DIE GANZE NACHT!
wimmer
schluchz

stöhn
wimmer
SLUP
UND WIEDER EINER!
AYSE?
WARUM MACHST DU DIESE STRICHE?
IST DOCH KLAR!
ES GIBT EINEN STRICH FÜR JEDEN TAG, DEN ICH HIER BIN!
...
WIE LANGE ICH HIER BIN, IST ABER NICHT DAS WICHTIGE!
NICHT?

NEIN!
WICHTIG IST, WIE LANGE NICHTS PASSIERT!
SCHAU DIR ZUM BEISPIEL DIE KLEINE LARA AN!
WAS IST MIT IHR?
GANZ EINFACH!
IHRE MUTTER KOMMT JEDEN TAG VON DER ERWACHSENEN-STATION HIER RÜBER ZU UNS.
SIE KÜMMERT SICH UM LARA ...
LIEST IHR VOR ...
UND SIE KÄMMT IHR DIE HAARE.
SPIELT MIT IHR ...

UND DIE AUSGEFALLENEN BÜSCHEL VERSTECKT SIE UNTER DER MATRATZE!
!
LARA SOLL NICHTS MERKEN, ABER ...
... BALD IST SIE KAHL!
UND DARUM MACHE ICH DIE STRICHE!
VERSTEHE!
MACH DIR KEINE SOR-GEN!
DU BIST FAST GENAUSO LANGE HIER WIE ICH UND NOCH IST ALLES DRAN!

SOBALD ICH HIER RAUSDARF, WERDE ICH MEINE FAMILIE SUCHEN!
UND MEINEN FREUND!
ICH HOFFE, ES GEHT IHNEN GUT.
WAS WIRST DU TUN, WENN DU ENTLASSEN WIRST, JANNA?
...
DAS GLEICHE WIE DU!
ICH SUCHE MEINE ELTERN!
NUR ...
... WO SOLL MAN ANFANGEN?

SIE WAREN IN SCHWEINFURT, ALS DER UNFALL PASSIERT IST!
WER WEISS, OB SIE ÜBERHAUPT NOCH LEBEN!
DAS KANN DIR NATÜRLICH NIEMAND VERSPRECHEN!
PROBIERT ES ÜBER DIE SUCHKARTEIEN!
DAS IST EINE LISTE, DIE DAS ROTE KREUZ ZUSAMMENGESTELLT HAT.
WENN IHR DIE NAMEN EURER LEUTE AUFSCHREIBT, ERKUNDIGE ICH MICH NACH IHNEN, OKAY?
WIRKLICH?
WÜRG
OH!
DIE PFLICHT RUFT!

IST ER NICHT TOLL?
BIN SCHON DA!
HANNES GEHÖRT ZU DEN WENIGEN, DIE HIER HELFEN UND KEINE ANGST HABEN.
WEISST DU, WAS SICH DIE FRAUEN AUF DEM KLO ERZÄHLEN?
EIN PAAR KILOMETER UM DAS KRAFTWERK SOLLEN SIE AUF LEUTE GESCHOSSEN HABEN, DIE FLÜCHTEN WOLLTEN!
WEIL DIE DOCH GANZ VERSEUCHT WAREN!
NIEMALS!
ICH GLAUB NICHT, DASS DAS BEI UNS PASSIEREN KANN!
ABER SELBST DIE SCHMUTZ-WÄSCHE WILL KEINER ANFASSEN.
DIE SCHWESTERN SAGEN, ES GIBT VIEL ZU WENIG NACHSCHUB!
WIE VON ALLEM!

STELL DIR NUR VOR, WENN DIE LEUTE DRAUSSEN SCHON ANGST VOR UNSERER WÄSCHE HABEN ...
... WIE WERDEN SIE UNS DANN BEHANDELN?
GRAB
KEINE AHNUNG.
HMM?
ABER HIER DRINNEN KÖNNEN WIR HELFEN!
DAS IST BESSER, ALS NUR ZU WARTEN!
Shhh
HILFST DU MIR?

VORSICHT, HEISS!
LIEST DU MIR WAS VOR, JANNA?
KLAR!
ABER ERST WIRD GETRUNKEN!
IHR SOLLT JA SCHNELL WIEDER AUF DIE BEINE KOMMEN!
UND IHR ZWEI?
DASS IHR EUCH MAL NICHT ÜBERNEHMT!
ODER WAS SAGEN DIE ÄRZTE DAZU, DASS IHR HIER SO FLEISSIG SEID?

DER ARZT SAGT, WENN ICH NOCH EINE WOCHE OHNE SYMPTOME BLEIBE, KANN ICH ENTLASSEN WERDEN!
HANNES?
HAST DU GESUCHT?
HMM?
NACH MEINER FAMILIE, MEINE ICH!
...
ICH BIN LEIDER NOCH NICHT DAZU GE-KOMMEN!

OH. NA JA
...
EINE WOCHE MUSS ICH JA SOWIESO NOCH BLEIBEN.
ABER AUS DER WOCHE WURDE NICHTS.
ALSO DOCH!
PLÖTZLICH WURDEN ALLE KRANK.
EINER NACH DEM ANDEREN.
ALLE DIESE FÄLLE GEHÖREN IN EINE SPEZIAL-KLINIK!
ABER ES SIND ZEHN-TAUSENDE!
HUNDERT-TAUSENDE!
keuch
keuch
DIE, DIE SPÄTESTENS IN EINEM JAHR DRAN SIND, NICHT MITGEZÄHLT!

SCHÖNE ZUKUNFT!
hust hust
SIEH MICH GENAU AN!
UND MERK DIR, WIE ICH MIT HAAREN AUSSEHE!
IN EIN PAAR TAGEN BIN ICH KAHL.
...
GLAUBST DU, DASS EIN JUNGE SICH IN EIN MÄDCHEN MIT GLATZE VERLIEBEN KANN?

HAARE SIND UNWICHTIG.
WER DAS ANDERS SIEHT, FÜR DEN BIST DU ZU SCHADE!
...
HANNES?
HAST DU ENDLICH GEFRAGT?
?
ÄHM ...
IN DER SUCHKARTEI SIND SIE NICHT!
WEISS DER HIMMEL, WO DIE SIND!
JEDENFALLS IST WIRKLICH NOCH ALLES OFFEN!

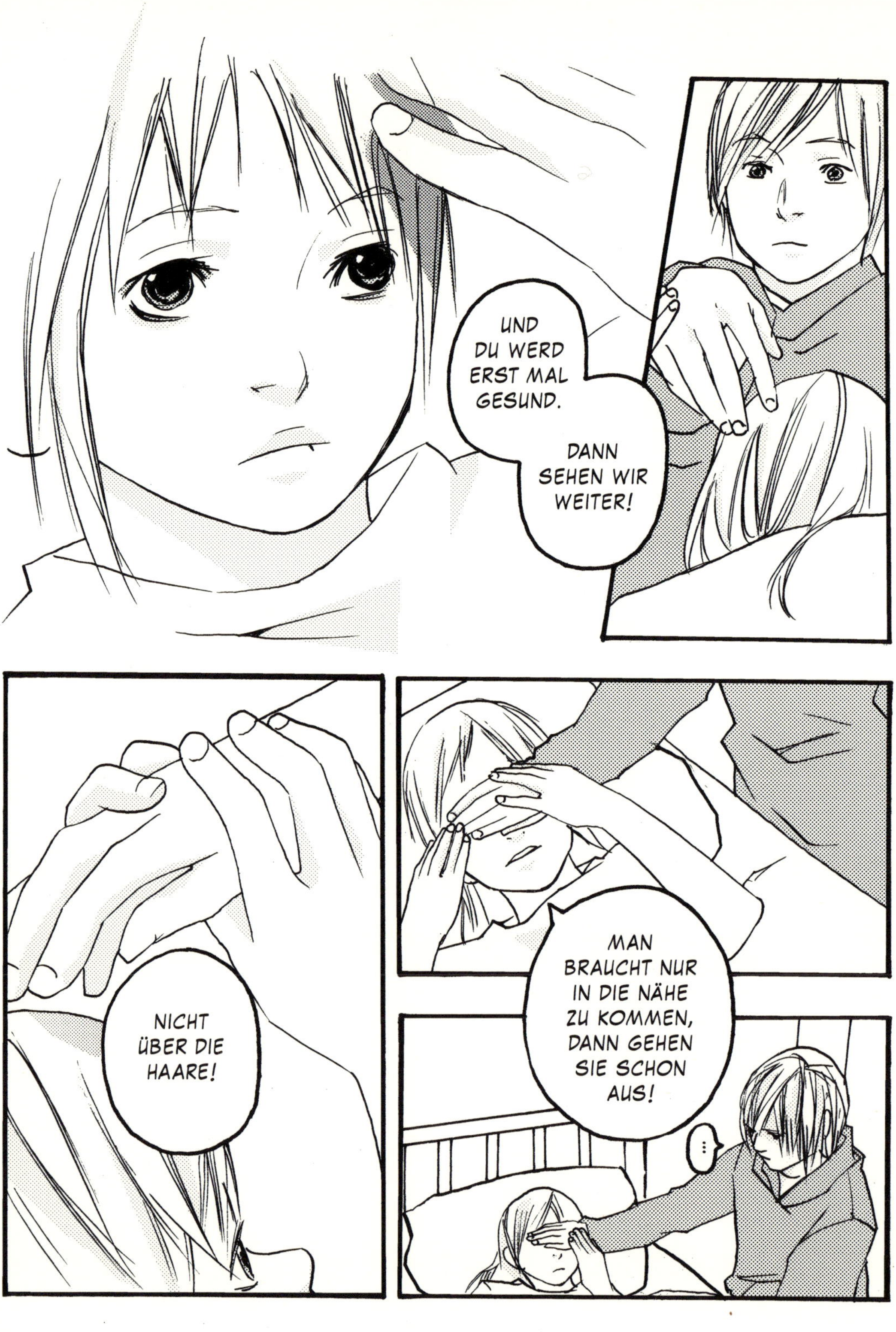
UND DU WERD ERST MAL GESUND.
DANN SEHEN WIR WEITER!
MAN BRAUCHT NUR IN DIE NÄHE ZU KOMMEN, DANN GEHEN SIE SCHON AUS!
NICHT ÜBER DIE HAARE!
…

DIE WOLKE KOMMT!
TAP
?
TAP TAP
KRACKS
AAAH!

JANNA!
SIE IST DA!
FLIEG, JANNA!
ICH KANN DOCH NICHT FLIEGEN!
FLIEG!
DU KANNST ES, JANNA! BREITE DIE ARME AUS UND LASS DICH FALLEN!
ABER ...
FLIEG, JANNA!
FLIEG!

SIEHST DU,
JANNA?
TOT?
WIR
TOTEN
KÖNNEN
DAS!

BIN ICH DENN TOT?
AYSE?
SCHWESTER!
SCHWESTER! SCHNELL!

SCHHH!
BIN JA SCHON UNTER-WEGS!
SCHREI DOCH NICHT SO!
AYSE!
SCHHH!
DU WECKST JA ALLE AUF!
WARUM IST IHR BETT LEER?
IST SIE ...
IST SIE TOT?
WIESO TOT? SIE WURDE IN EINEN ANDEREN SAAL VERLEGT!
SCHLAF WEITER!
ES IST ALLES IN ORD-NUNG!

AYSE ...
GUTEN MORGEN!
DU SIEHST HEUTE SCHON VIEL BESSER AUS!
DU BIST EIN SCHLECHTER LÜGNER!
SO WAS!
ABER OBWOHL DU SO FRECH ZU MIR BIST, HABE ICH WAS FÜR DICH!
HEUTE KAM EINE LIEFERUNG VOM ROTEN KREUZ.
ICH HAB DIR DIE SCHÖNSTE RAUSGESUCHT!

ES GIBT AUCH VIEL WICHTIGERE DINGE!
FLUT!
!
JETZT BRAUCHST DU NICHT IMMER AN DEINE HAARE ZU DENKEN!
ZUM BEISPIEL?
NA JA, DEINE ELTERN HABE ICH IN DEN SUCH-KARTEIEN ZWAR NICHT GEFUNDEN, ABER ...
... DAFÜR HABE ICH DICH EINGETRAGEN!
UND?
DU HAST BESUCH!
SIE WARTET DRAUSSEN!

MAMA?!
...
TANTE HELGA ...

TJA ...
WOHL NICHT GANZ, WAS DU ERWARTET HAST.
DA BIST DU ALSO!
WARUM BIST DU SO SPÄT IN DIE SUCHKARTEI GEKOMMEN?
ICH DACHTE SCHON, DU WÄRST MIT DEINEN ELTERN ...

WIESO?
WEISST DU ES DENN NICHT?
WAS IST MIT IHNEN?
...
...

WOHER WILLST DU DAS WISSEN?
SIE STEHEN DOCH NICHT IN DER LISTE!
DOCH.
IN DER LISTE DER TOTEN, WENN ES DAS IST, WAS DU MEINST.

LÜGNER!
LÜGNER!
BERUHIGE DICH DOCH!
LÜGNER!
LÜGNER!
WAS IST DENN HIER LOS?
GANZ RUHIG, JANNA!
...

ICH HAB'S NUR GUT GEMEINT.
KRANK WIE DU BIST.
DIE SCHWESTER HAT JANNA EINE SPRITZE GEGEBEN.
SIE SCHLÄFT JETZT.
GUT.
WENN MAN SICH SO UM-SCHAUT ...
UNGLAUBLICHE ZUSTÄNDE SIND DAS HIER! UND DAS IN DER BUNDES-REPUBLIK!
SIE SIND NICHT AUF DEM LAUFENDEN.
WIR SIND JETZT EIN ENTWICKLUNGS-LAND.

TJA ...
ICH HABE MIR EIN ZIMMER GANZ IN DER NÄHE GENOMMEN.
...
ICH WERDE MORGEN FRÜH WIEDER-KOMMEN.
FALLS SIE AUFWACHT, RICHTEN SIE IHR DAS BITTE AUS.
NATÜRLICH, FRAU MEINECKE!
BIS MORGEN!

...
WARUM FRAGST DU NICHT NACH ULI?
ER STEHT BESTIMMT AUF KEINER LISTE.
UND IN KEINER BLÖDEN KARTEI!
VIELLEICHT HAB ICH ANGST VOR DER ANTWORT!

ER WAR MIT MIR ZUSAMMEN. BIS ZULETZT.
WIR WAREN NICHT MIT NACH SCHWEINFURT GEFAHREN!
VON SCHLITZ SIND WIR AUF DEN RÄDERN GEFLÜCHTET.
ER IST TOT!
... VON EINEM AUTO ÜBERFAHREN!
ENT-SCHULDIGE!
HIER WEINT JEDER, WENN IHM DANACH IST!
ICH KANN DAS NICHT.

ICH HABE MIT DEM ARZT GESPROCHEN.
NOCH DARF ICH DICH NICHT MITNEHMEN!
ICH WERDE DAFÜR SORGEN, DASS DU IN EINE HAMBURGER KLINIK KOMMST!
DORT IST ZWAR AUCH PERSONAL FÜR DIE KATASTROPHENGEBIETE ABGEZOGEN WORDEN, ABER TROTZDEM WIRD ES DIR DORT BESSER GEHEN.
DU WIRST IN EINEM ZWEIBETTZIMMER LIEGEN!
...
ICH BLEIBE HIER!

ICH WERDE DICH NICHT ZWINGEN. DU BIST ALT GENUG, UM ZU WISSEN, WAS DU TUST.
WIE DU WILLST!
DREI WOCHEN NOCH.
NUR NOCH DREI WOCHEN!
DAS HAT DER ARZT GESAGT!
DANN KOMME ICH DICH HOLEN!
HAMBURG WIRD DEIN NEUES ZUHAUSE! DENK DARAN, WENN DU DICH SCHLECHT FÜHLST!

DREI WOCHEN SPÄTER ...
AUF WIEDER-SEHEN!
SO, ES KANN LOSGEHEN, JANNA!
NA?
GEFALLEN DIR DEINE NEUEN SACHEN?
DU WIRST SEHEN ...
... IN HAMBURG WIRD ES DIR GEFALLEN!

ERINNERST DU DICH AN DAS GÄSTEZIMMER IN MEINER WOHNUNG?
DAS IST AB SOFORT DEIN ZIMMER! NUR FÜR DICH ALLEIN!
ICH HABE DICH AUCH FÜR DIE SCHULE ANGEMELDET!
AB NÄCHSTER WOCHE GEHST DU WIEDER ZUM UNTERRICHT!
...

Raum 200
Frau B.

RAUM 203 ...
AH!
ENTSCHUL-DIGUNG!
DANN EBEN NICHT!
SO BRAUCHST DU DENEN GAR NICHT KOMMEN!

DAS GIBT'S JA GAR NICHT!

IST ZU OFFEN-SICHTLICH, WAS MIT DIR LOS IST!
ELMAR!?

ZEIG MAL HER!
DEIN ERSTER TAG HEUTE, WAS?
HÄTTE JA NICHT GEDACHT, DASS HIER NOCH JEMAND AUS FULDA AUFTAUCHT!
ES WERDEN WOHL EINIGE DRAUFGEGANGEN SEIN!
DU MUSST EINE ETAGE HÖHER!
DANKE!
SEHEN WIR UNS IN DER PAUSE?

203
KLOPF
KLOPF
HALLO!

NOCH EINE!
HALLO!
...
DU BIST SCHON DER DRITTE NEUZUGANG DIESE WOCHE!
DA AM FENSTER IST NOCH EIN TISCH FREI!
DANKE!

PSST!
HEY!
?
WARUM LÄUFST DU SO RUM?
SOLL ICH MICH DAFÜR SCHÄMEN?
SCHÄMEN NICHT.
DU BRAUCHST DEIN UNGLÜCK ABER AUCH NICHT ÖFFENTLICH ZUR SCHAU STELLEN!
?
DU SCHADEST NICHT NUR DIR, SONDERN UNS ALLEN!

BITTE SETZ WENIGSTENS DIE MÜTZE WIEDER AUF!
MUSS JA NICHT GLEICH JEDER MERKEN, DASS WIR HIBAKUSHA SIND!
ÄH ...
...
HIBAKUSHA?

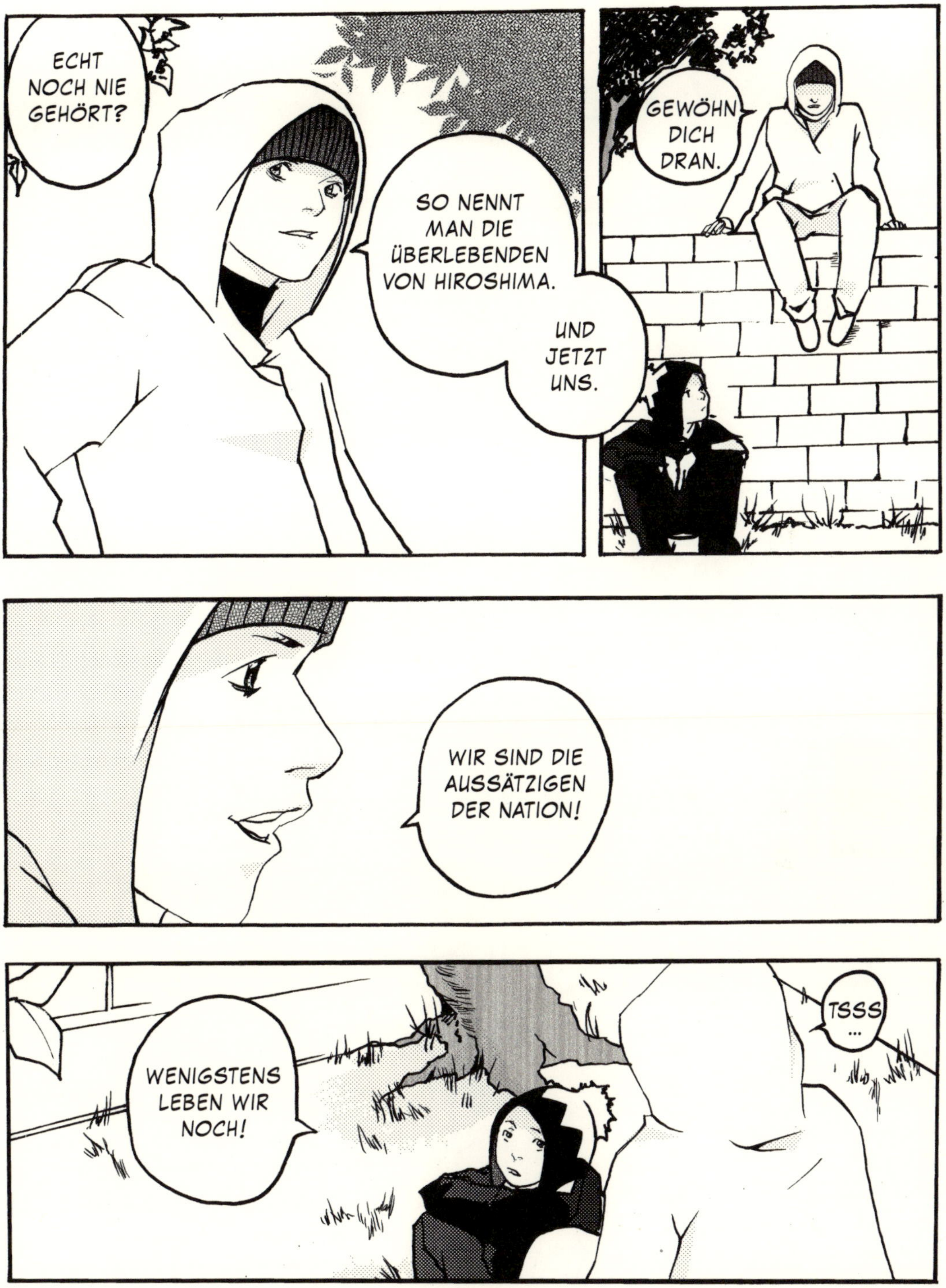
ECHT NOCH NIE GEHÖRT?
SO NENNT MAN DIE ÜBERLEBENDEN VON HIROSHIMA.
UND JETZT UNS.
GEWÖHN DICH DRAN.
WIR SIND DIE AUSSÄTZIGEN DER NATION!
WENIGSTENS LEBEN WIR NOCH!
TSSS ...

ABER WIE?
WIR ÜBERLEBENDEN AUS DEM KATASTROPHENGEBIET WERDEN BALD EINE EIGENE KLASSE IN DER GESELLSCHAFT SEIN!
TAP
DIE KLASSE DER KRÄNKLICHEN LOSER.
UNEFFEKTIV UND VOR ALLEM NICHT ZUM VORZEIGEN!
AUSSERDEM UNBEQUEM.
WIR ERZEUGEN SCHULDGEFÜHLE UND HINDERN DIE ANDERN AM VERGESSEN!
DU SOLLTEST DIR MAL EIN BUCH ÜBER HIROSHIMA BESORGEN!
DANN WEISST DU, WAS UNS ERWARTET!
ECHT FINSTERE AUSSICHTEN!
UND DA WOLLEN DIE UNS ERNSTHAFT WEISMACHEN ...
... WIR HÄTTEN NOCH GLÜCK GEHABT!

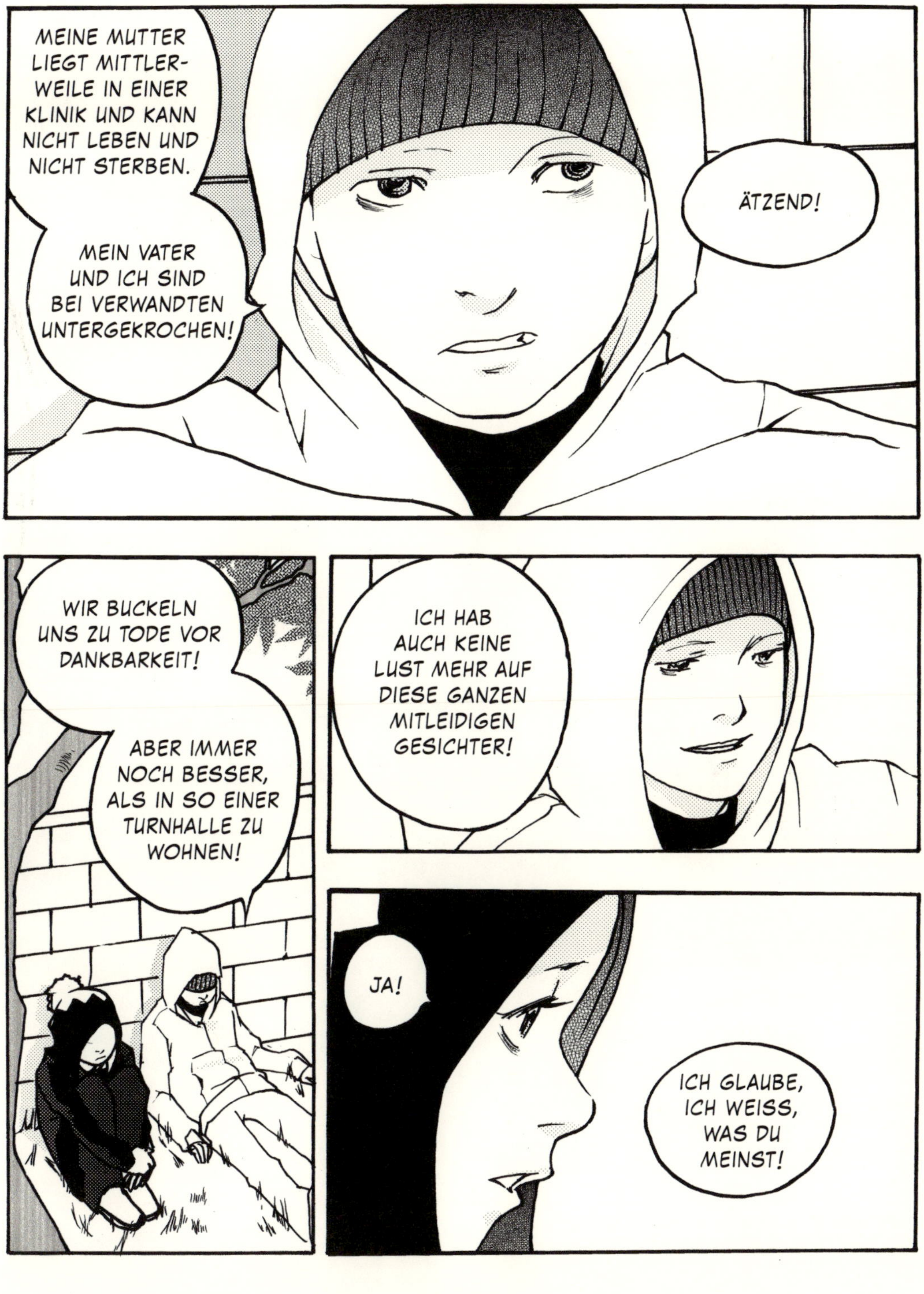
MEINE MUTTER LIEGT MITTLER-WEILE IN EINER KLINIK UND KANN NICHT LEBEN UND NICHT STERBEN.
MEIN VATER UND ICH SIND BEI VERWANDTEN UNTERGEKROCHEN!
ÄTZEND!
WIR BUCKELN UNS ZU TODE VOR DANKBARKEIT!
ABER IMMER NOCH BESSER, ALS IN SO EINER TURNHALLE ZU WOHNEN!
ICH HAB AUCH KEINE LUST MEHR AUF DIESE GANZEN MITLEIDIGEN GESICHTER!
JA!
ICH GLAUBE, ICH WEISS, WAS DU MEINST!

JANNA?!
KLOPF KLOPF
BIST DU WACH?
DENKST DU AN DEN ABWASCH?
ABWASCH?
ICH MACHE DAS SPÄTER, VER-SPROCHEN!
ICH WEISS JA, DASS DU NACH DER SCHULE NOCH SEHR MÜDE BIST!
ABER DU KÖNNTEST WENIGSTENS EIN BISSCHEN MITHELFEN!

UND DENK BITTE AN DEINEN ARZTTERMIN HEUTE NACHMITTAG!
WIE SPÄT IST ES?
gähn
GLEICH HALB VIER! HÖCHSTE ZEIT ZUM AUFSTEHEN!
DU HAST RECHT!
ICH WERDE EIN BISSCHEN RAUS-GEHEN!

HEY!
HAST DU MIR ÜBERHAUPT ZUGEHÖRT?
JA, JA, ICH DENKE AN DEN BLÖDEN ARZT-TERMIN!
BIS SPÄ-TER!
...
SAG MAL ...
... HAST DU JEMANDEN ZUM REDEN, WENN DU ZU HAUSE BIST?
DU MEINST, BEI MEINEN VERWAND-TEN!

NÖ.
MEIN VATER BRÜTET VOR SICH HIN UND MEINE VERWANDTEN INTERESSIEREN SICH FÜR NICHTS.
JEDENFALLS NICHT FÜR DAS, WAS MIR WICHTIG IST.
HA!
MEINE TANTE WILL SICH STÄNDIG UNTERHALTEN!
ABER NUR, WENN SIE NICHT AN DAS ERINNERT WIRD, WAS PASSIERT IST!
UND DIESE FURCHTBAREN SCHWARZEN KLAMOTTEN!
SIE HAT MIR LAUTER NEUE SACHEN GEKAUFT!
SO TEURES ZEUG HATTE ICH ZU HAUSE NIE!

ABER SCHWARZ MUSS ES SEIN! ALS OB DAS DIE TOTEN INTERESSIEREN WÜRDE!
ULI MOCHTE GELB.
MEINE TANTE WÜRDE AUGEN MACHEN, WENN ICH …
DANN TRAG DOCH MAL WAS GELBES!
WAS WÜRDE DAS BRINGEN AUSSER ÄRGER …
ICH SPIELE MIT, SO GUT ES GEHT.
IST JA NICHT FÜR EWIG.
WIE DU MEINST.
SO SICHER WÄRE ICH MIR DA NICHT!

HEY, BIST DU ZUM PESSIMISTEN GEWORDEN?
WAS MEINST DU?
ELMAR, DER GELASSENE, IMMER ÜBERLEGEN UND IMMER MIT EINER LÖSUNG FÜR JEDES PROBLEM.
DAFÜR WARST DU DOCH LEGENDÄR IN UNSERER KLASSE!
!
ABER ALLES HAT SICH NICHT GEÄNDERT!
DU REDEST IMMER NOCH SO DRAMATISCH DAHER, WENN DU IN FAHRT BIST!
DAS STIMMT NICHT.
ALLES HAT SICH GEÄNDERT. EINFACH ALLES!
UND ICH BIN AUCH KEIN PESSIMIST. ICH SEHE DIE DINGE NUR SO, WIE SIE SIND.

HMM ...
...
...
ICH WERDE DANN MAL DEN BUS NEHMEN!
ICH HAB 'NEN ARZT-TERMIN!
ARZT?
WAS ERNSTES?
MEINE TANTE BESTEHT DARAUF!
SEIT ICH HIER BIN, SCHLEPPT SIE MICH ZU ÄRZTEN!

IST EH IMMER DAS GLEICHE!
STUNDEN-LANGES SITZEN IM WARTE-ZIMMER.
UND DANN HÖRT MAN SICH SACHEN AN WIE: »DU MUSST DICH SCHONEN.«
ODER: »WANN DEINE HAARE NACH-WACHSEN, WISSEN WIR NICHT.«
LAUTER SINNLOSES ZEUG UND NICHTS, WAS WIRKLICH HILFT!
EGAL, DU KENNST DAS JA SICHER!
WIR SEHEN UNS DANN MORGEN IN DER SCHULE!

HEY, WARTE!
ICH KÖNNTE DICH BEGLEITEN!
NATÜR-LICH NUR, WENN DU WILLST!
WARUM EIGENTLICH NICHT?
...

ABER ICH WARNE DICH, DAS WIRD TOTAL ÖDE!
KEIN PROBLEM, ICH HAB NICHTS SPAN-NENDERES VOR!
VERDAMM-TER REGEN!

SÜDOST-
WIND!
SÜDOST-
WIND!
SEI STILL, ELMAR!
SO KANN ICH IHN NICHT HÖREN!
ULI!
ULI!
HILF MIR SUCHEN!

ICH GLAUBE, WIR SOLLTEN AUFHÖREN MIT SUCHEN!
SONST ZERTRETEN WIR IHN NOCH!
ULI!
KOMM RAUS!
WIR HÖREN AUF MIT VERSTECKEN SPIELEN!
?

KOMMST DU BITTE ZUM ESSEN, JANNA?
...
ICH KONNTE GUTES FLEISCH AUFTREI-BEN.
RIND AUS ARGEN-TINIEN.
TEUER, ABER DAFÜR NICHT VERSEUCHT!

ICH MUSS ZURÜCK NACH HAUSE!
!
ULI IST NOCH IRGENDWO DORT. ICH WILL IHN SUCHEN!
WAS REDEST DU DA FÜR EINEN UNSINN?
ER MUSS DOCH BEGRABEN WERDEN!
DIE GEGEND UM FULDA IST VERSEUCHT! DAHIN LASSE ICH DICH SICHER NICHT GEHEN!
FIND DICH DAMIT AB.
ICH WEISS JA, WIE SCHWER DAS ALLES FÜR DICH IST.
MIR FÄLLT ES AUCH NICHT LEICHT.

...
WIR MÜSSEN UNBEDINGT ZUM FRISEUR!
PERÜCKEN SIND KNAPP UND DEIN GEBURTSTAG IST IN ZWEI WOCHEN!
HÄ?
ICH SETZE KEINE PERÜCKE AUF!
BERUHIGE DICH!
ES WERDEN EIN PAAR VERWANDTE KOMMEN. DIE MUSST DU JA NICHT GLEICH SO VOR DEN KOPF STOSSEN!
UND WAS HABEN SIE DAVON?

ACH KIND, DU WILLST EINFACH NICHT VERSTEHEN! ES SIEHT NUN MAL BEDRÜCKEND AUS, WENN EIN JUNGER MENSCH KEINE HAARE HAT!
ICH BITTE DICH!
DAS LÄSST SICH DOCH SO LEICHT ARRANGIEREN. NUR SO LANGE, BIS ALLE WIEDER ABGEREIST SIND!
TSSS.
NA GUT.
DIESE HIER IST DOCH SCHÖN!
ACH, ICH WEISS NICHT ...

ICH WAR VIEL HELLER!
ABER ES GIBT KEINE ANDERE BLONDE IN DEINER GRÖSSE!
BEI DER NACHFRAGE DARF MAN NICHT SO WÄHLERISCH SEIN!
Zupf
ICH FINDE, DIE SOLLTEN WIR NEHMEN!
SLUP
OKAY.
DANN SOLLTEN WIR DAS TUN.
LASS SIE EIN-PACKEN!

...
IM ERNST?
EINE PERÜCKE?
WOZU SOLL DAS DENN GUT SEIN?
DAS HABE ICH SIE AUCH GEFRAGT.
FÜR MEINE TANTE GIBT ES WOHL KEINE PROBLEME, SOLANGE SIE SIE NICHT SEHEN MUSS!
SIE MACHT MICH NOCH WAHNSINNIG!
DEINE GLATZE KANN SIE JA VER-STECKEN ...
ABER GEHT SIE BLIND DURCH DIE STRASSEN?

ALLEIN DIE ARMUT SEIT DEM UNFALL IST ÜBERALL ZU SEHEN!
WO SIEHST DU DENN WAS VON ARMUT?
ICH SEHE NICHTS.
HÄÄÄ?
MACH DOCH MAL DIE AUGEN AUF, JANNA!
SIEHST DU DIE VIELEN ZU-VERKAUFEN-SCHILDER NICHT?
GEHST DU AUCH BLIND DURCH DIE STADT UND LIEST KEINE ZEITUNG?
...
NA, IN SCHLITZ WÄREN MIR SOLCHE SCHILDER SCHON AUFGEFALLEN, ABER WEISS ICH, WIE ES VORHER IN HAMBURG WAR?
UND WARUM SOLLTE ICH IN DER ZEITUNG DIE ANZEIGEN LESEN?

HEY, WO WILLST DU HIN?
DIR WAS ZEIGEN!
FERNSEHEN GUCKST DU JA WAHRSCHEINLICH AUCH NICHT.
NATÜRLICH NICHT, WENN MEINE TANTE DAVORSITZT! ICH GEHE IHR AUS DEM WEG, FALLS DU ES NICHT BEMERKT HAST!
KOMM RAUF!

SCHAU DIR DAS AN UND SAG NOCH MAL, DASS WIR NICHT ARM SIND!
DU IRRST DICH BESTIMMT!
DIESE AUFFANGLAGER KENN ICH NATÜRLICH! WAS SOLL DAS?
DAS ALLES IST NICHT SCHÖN, ABER DAS IST DOCH NUR EINE ÜBERGANGSLÖSUNG, BIS SICH ALLES NORMALISIERT HAT!
IRGENDWO MÜSSEN DIE LEUTE AUS DEN KATASTROPHENGEBIETEN JA BLEIBEN!

NORMALISIERT?
DAS DA IST JETZT NORMAL, KAPIERST DU ES NICHT?
UND WEISST DU, WAS?
DIESES MÄDCHEN AUS BAD BRÜCKENAU, DAS IMMER MIT DEN ANDEREN VON UNS RUMHING ...
... FRAGST DU DICH NICHT, WARUM ES SEIT EINER WOCHE FEHLT?
IHR FREUND SAGT, SIE HAT EINE LUNGENENTZÜNDUNG!
SO, SAGT ER DAS?
SIE LIEGT IN DERSELBEN KLINIK WIE MEINE MUTTER!
VON WEGEN LUNGENENTZÜNDUNG!

SIE HAT LEUKÄMIE! ES GING IHR SCHON DIE GANZE ZEIT SCHLECHT, ABER SIE WOLLTE ES NICHT WAHRHABEN.
DIE SEHEN WIR BESTIMMT NICHT WIEDER, UND ES IST NUR EINE FRAGE DER ZEIT, BIS ES UNS AUCH ERWISCHT!
WORAUF WILLST DU HINAUS?
ES IST JA NICHT SO, DASS WIR EINE WAHL HÄTTEN!
ICH MEINE JA NUR …
… DIE LEUTE FANGEN SCHON AN ZU VERGESSEN.
VER-GESSEN? JETZT MACH ABER MAL 'NEN PUNKT!
GLAUBST DU, ICH WÜRDE VERGESSEN, WAS MIT MEINER FAMILIE PASSIERT IST?

NATÜRLICH NICHT!
HE HE
WEISST DU, WAS?
ICH WOLLTE ARZT WERDEN!
UND ICH WOLLTE IRGENDWANN KINDER HABEN. ABER KEINE MIT DREI AUGEN!
SCHEINT, ALS HÄTTEN WIR BEIDE WAS BESSERES VORGEHABT!
...
ABER JETZT HEISST ES, DIESES BESCHISSENE LEBEN SO SCHNELL WIE MÖGLICH HINTER SICH ZU BRINGEN!

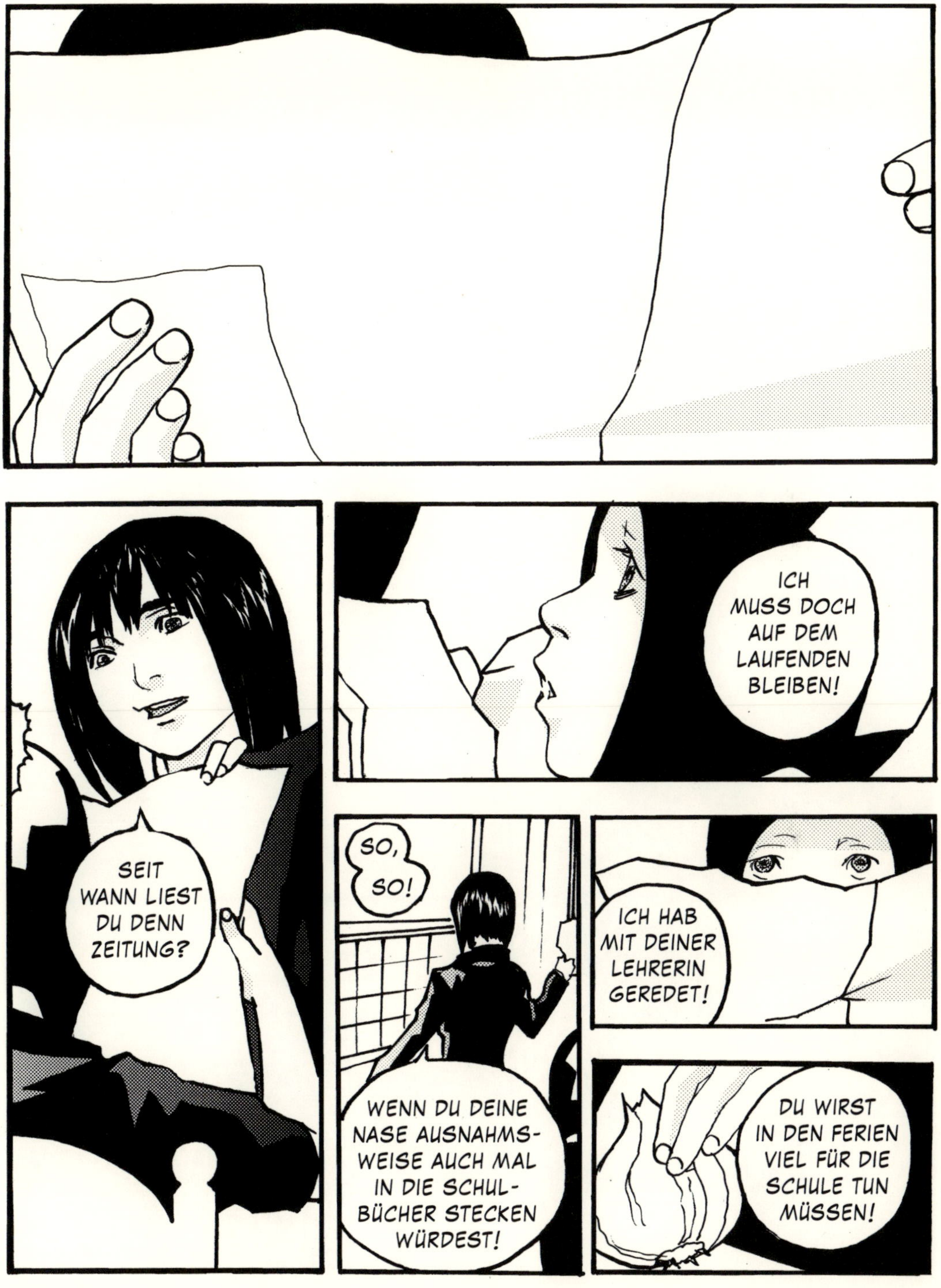
SEIT WANN LIEST DU DENN ZEITUNG?
ICH MUSS DOCH AUF DEM LAUFENDEN BLEIBEN!
SO, SO!
WENN DU DEINE NASE AUSNAHMSWEISE AUCH MAL IN DIE SCHULBÜCHER STECKEN WÜRDEST!
ICH HAB MIT DEINER LEHRERIN GEREDET!
DU WIRST IN DEN FERIEN VIEL FÜR DIE SCHULE TUN MÜSSEN!

ICH WERDE MICH DARUM KÜMMERN!
ICH ...
ICH MÖCHTE JEMANDEN ZU MEINEM GEBURTSTAG EINLADEN!
ER HAT AUCH KEINE HAARE!
UND ICH MAG IHN!
WAS WAR DAS NUN WIEDER?

WHUMP
WIE KANN MAN SO SEIN?
RUPF
RUPF
WO SO VIELE STERBEN MUSSTEN!
UND ULI ... ER IST NOCH NICHT MAL BEGRABEN!
UND SIE DENKT AN SCHULE!
AN GEBURTS-TAGE!
ZEUGNISSE!
AN PERÜCKEN!
ICH WERDE NICHT FEIERN UND DIE PERÜ-CKE TRAGE ICH AUCH NICHT!
ICH WERDE NACH ASBACH FAHREN UND ULI BEGRA-BEN!

ABER NICHT ALLEINE ...
HEY, JANNA!
WIE SIEHT DEIN ZEUGNIS AUS?
SCHLECHT, WÜRDE ICH SAGEN!
ZEUGNIS
NUR EINE PROBEWEISE VERSETZUNG!
WEIL ICH SO SPÄT IM SCHULJAHR DAZUGEKOMMEN BIN!
BEI MIR SIEHT ES GENAUSO AUS!
MACH DIR NICHTS DRAUS UND GENIESS DIE FERIEN!
AH, WARTE!
HAST DU ELMAR GESEHEN?

WEISST DU'S NOCH NICHT?
ER IST NICHT VERSETZT WORDEN. DESHALB BRAUCHTE ER HEUTE AUCH GAR NICHT ZU KOMMEN!
ELMAR?!
WAR ZIEMLICH KOMISCH DRAUF IN LETZTER ZEIT.
HAT SICH TOTAL HÄNGEN LASSEN!
ZU HAUSE WAR ER DER BESTE!

TJA ...
IRGENDWIE WAREN WIR DAS DOCH ALLE!
DA STIMMT DOCH WAS NICHT!
ER WAR SO STILL IN LETZTER ZEIT.
NICHT MAL MEHR WÜTEND.

HOFFENTLICH STIMMT DIE ADRESSE!
RING
RING
RING
MACH SCHON AUF!

ENTSCHUL-DIGUNG?
KÖNNEN SIE MIR SAGEN, OB HIER EIN ELMAR WOHNT?
SO ALT WIE ICH ...
JA, DA BIST DU HIER RICHTIG!
DU BRAUCHST DICH ABER NICHT ZU BEMÜHEN!
DIE LASSEN SICH NICHT KONDOLIEREN. ES MACHT NIEMAND AUF!
KONDOLIEREN?
IST ELMARS MUTTER GESTOR-BEN?
DIE MUTTER NICHT.
DER JUNGE!
WUSSTEST DU DAS DENN NICHT?

ABER ...
... ER WAR DOCH VORGESTERN NOCH ...
HAT EINFACH SCHLUSS GEMACHT.
GESTERN VORMITTAG HAT DER VATER IHN GEFUNDEN!
LAG GANZ FRIEDLICH IM BETT!
DIE ARMEN ELTERN!
TABLETTEN!

WER WEISS, WOHER ER DIE HATTE. SIE HABEN IHN GLEICH INS KRANKENHAUS GEBRACHT, ABER DA WAR NICHTS MEHR ZU MACHEN.
DIE POLIZEI WAR AUCH HIER. DEN WEG HÄTTEN DIE SICH SPAREN KÖNNEN. DER JUNGE HAT DAS GANZ ALLEIN ERLEDIGT.
NICHT MAL EIN PAAR ZEILEN HAT ER HINTERLASSEN!
ARMER KERL!
ER HAT'S WOHL NICHT ERTRAGEN ...
DU KANNST JA NOCH MAL KLINGELN. ABER ES WAREN SCHON EIN PAAR LEUTE HIER UND KEINEN HABEN SIE REINGELASSEN!
VERSTEHE.

NEIN.
ICH VERSTEHE ES NICHT.
WIE KONNTEST DU DAS TUN?
DAS ALLES HABEN WIR ÜBERLEBT.
UND DU WIRFST DAS BISSCHEN WEG, WAS ÜBRIG WAR!

AAAAAAH!

ICH HÄTTE NICHT GEDACHT, DASS DIE TAGE NOCH LÄNGER WERDEN KÖNNTEN ALS DAMALS IM NOTHOSPITAL. ABER SIE KONNTEN.
AM ENDE SCHIEN ELMAR RECHT ZU BEHALTEN. NICHTS WIRD BESSER.
ODER HATTE ICH MICH VON SEINER HOFFNUNGS-LOSIGKEIT ANSTECKEN LASSEN?
KEINE TRÄUME MEHR. KEINE HOFFNUNG.
FÜR EINEN AUGENBLICK SCHIEN ES NICHTS MEHR ZU GEBEN.
NICHT MAL MEHR DIE FRAGE NACH DEM WARUM.
ABER AUCH DIESER MOMENT GING VORBEI.

ICH MÖCHTE SELBST ENTSCHEIDEN, WAS AUS MIR WIRD!
?
MIT DEINEN 15 JAHREN?
IN DEINEM ZUSTAND?
ICH WERDE GEHEN! SO ODER SO.

DIESES THEMA HATTEN WIR DOCH SCHON MAL!
DENK LIEBER AN DIE SCHULE!
AN DEINE ZUKUNFT!
ZUKUNFT! WEISST DU, OB ICH EINE HABE?
ICH WEISS ES NICHT!
ABER DAS BISSCHEN LEBEN, WAS MIR VIELLEICHT BLEIBT, WILL ICH LEBEN, WIE ICH WILL!
KLAPP
UND DIE SCHULE?

ALS OB'S FÜR MICH GRAD NICHTS WICHTIGERES GÄBE ALS DIESE BE-SCHEUERTE SCHULE!
WAS SOLLTE DENN BITTE WICHTIGER SEIN ALS EIN GUTER ABSCHLUSS?
DASS ICH LEBE!
DASS ICH LEBENDIG BIN!

ICH WEISS NICHT, OB SIE AM ENDE VERSTANDEN HAT, WIE ICH MICH GEFÜHLT HABE.
ABER ES FÜHLTE SICH GUT AN!
... ODER OB SIE ES NUR AKZEPTIERT HAT.
FAHR HIN! EHER GIBST DU JA DOCH KEINE RUHE!
AM 1. OKTOBER ERKLÄRT DER NEUE UMWELTMINISTER SPERRZONE 3 FÜR AUFGEHOBEN.

NATÜRLICH WAR ALLES GENAUSO VERSEUCHT WIE VORHER.
ES HEISST, IN MARKT EBERSDORF SEI NEUNMAL MEHR STRAHLUNG AUSGETRETEN ALS IN TSCHERNOBYL.
ES WAR DIE REDE VON 18.000 TOTEN.
WO SOLL'S DENN HIN-GEHEN?
VIELLEICHT KANN ICH DICH EIN STÜCK MITNEHMEN?

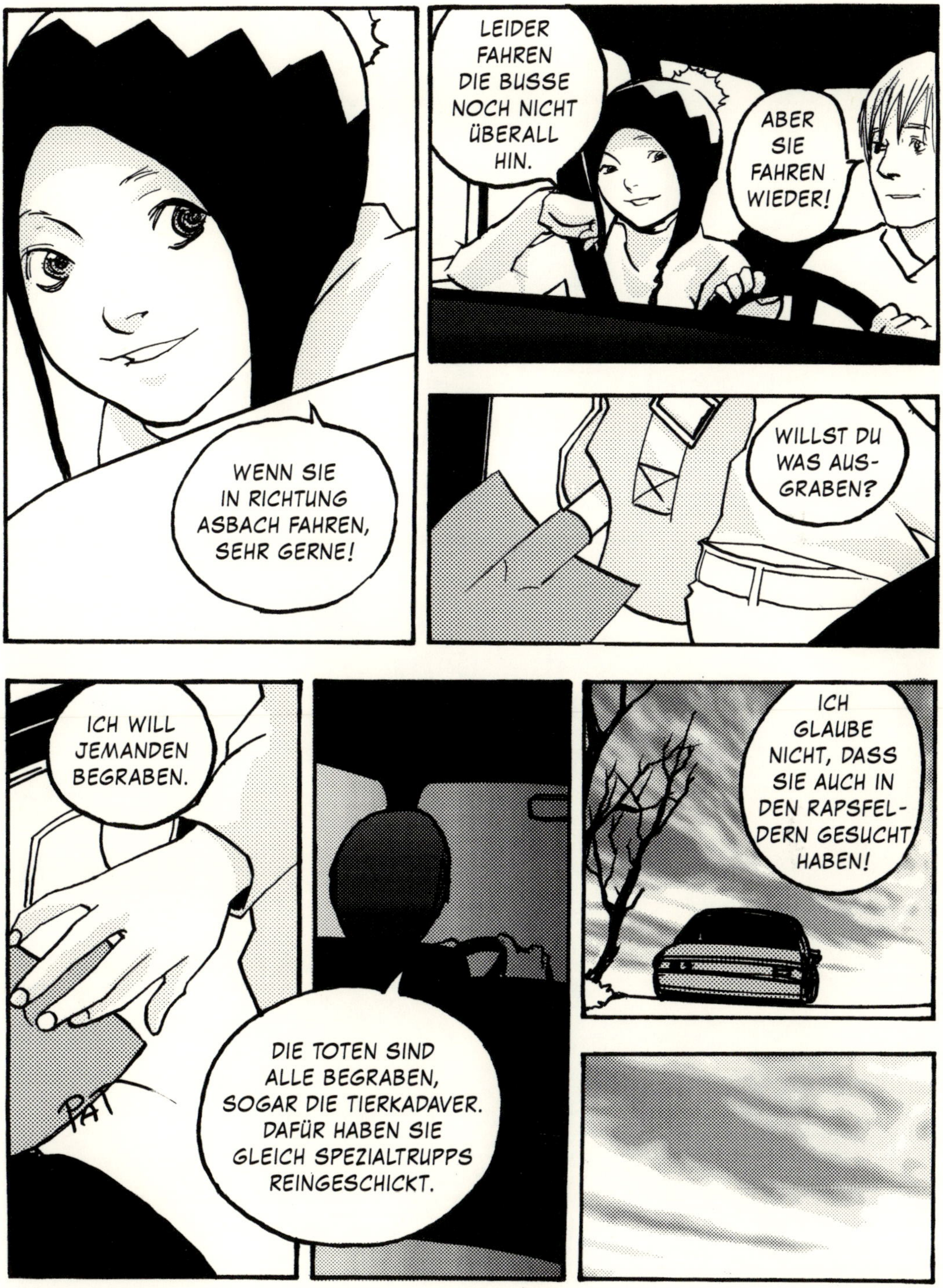
WENN SIE IN RICHTUNG ASBACH FAHREN, SEHR GERNE!
LEIDER FAHREN DIE BUSSE NOCH NICHT ÜBERALL HIN.
ABER SIE FAHREN WIEDER!
WILLST DU WAS AUS-GRABEN?
ICH WILL JEMANDEN BEGRABEN.
PAT
DIE TOTEN SIND ALLE BEGRABEN, SOGAR DIE TIERKADAVER. DAFÜR HABEN SIE GLEICH SPEZIALTRUPPS REINGESCHICKT.
ICH GLAUBE NICHT, DASS SIE AUCH IN DEN RAPSFEL-DERN GESUCHT HABEN!

BIST DU SICHER, DASS ES HIER WAR?
JA, GANZ SICHER!

DU DUM-MER BÄR!
KANNST IMMER NOCH GRINSEN!

PASS GUT
AUF MEINEN
BRUDER AUF!
WENN MAN DAS SO SIEHT,
KÖNNTE MAN DENKEN,
DIE WELT SEI WIEDER HEIL!

ABER DANN WÄRE ELMAR HIER. MAMA, PAPA UND ULI!
DIE GANZE FAMILIE UND ALLE MEINE FREUNDE!
DER GANZE HANG, DAS GANZE TAL WÄRE VOLLER KINDER.

MAN KÖNNTE ZWISCHEN SONNENBLUMEN LIEGEN
UND IN DIE WOLKEN SCHAUEN OHNE ANGST.

Jetzt werden wir nicht mehr sagen können,
wir hätten von nichts gewusst.
Wir können nicht fliehen und emigrieren.
Die Welt wird immer mehr zu unserem eigenen Gefängnis.
Zum Gefängnis des atomaren Fortschritts.

Wenn wir heute nichts dagegen unternehmen,
werden sie sich morgen bedanken
für unser Stillhalten und unsere »Vernunft«.
Jeder muss überlegen, was er tun kann.
Jeder an seiner Stelle.
Dieses Mal vergessen wir's nicht.

GUDRUN PAUSEWANG WURDE 1928 IM BÖHMISCHEN WICHSTADL GEBOREN. SIE IST AUTORIN VIELER ENGAGIERTER JUGEND- UND ERWACHSENENROMANE UND WURDE FÜR IHR WERK MEHRFACH PREISGEKRÖNT. NEBEN BÜCHERN ZU ERNSTEN THEMEN HAT GUDRUN PAUSEWANG AUCH EINE VIELZAHL LUSTIGER, FRECHER KINDERBÜCHER GESCHRIEBEN, DARUNTER DEN KINDERBUCHKLASSIKER **»DAS GROSSE BUCH VOM RÄUBER GRAPSCH«**. NEBEN DEM SCHREIBEN WAR GUDRUN PAUSEWANG BIS ZU IHRER PENSIONIERUNG ALS LEHRERIN TÄTIG.

ANIKE HAGE WURDE 1985 IN WOLFENBÜTTEL GEBOREN UND ARBEITET SEIT DEM ABITUR HAUPTBERUFLICH ALS ZEICHNERIN UND ILLUSTRATORIN. DIE AUFTRÄGE DER VIELSEITIG BEGABTEN KÜNSTLERIN REICHEN VON PLAKATENTWÜRFEN FÜR DEN COMICBEREICH DER LEIPZIGER BUCHMESSE BIS HIN ZUR GESTALTUNG DES MOTIVS EINER LIMITIERTEN NINTENDO-DS-REIHE. 2005 ERSCHIEN IHR ERSTER MANGA **»GOTHIC SPORTS«**. DIE INZWISCHEN MEHRERE BÄNDE UMFASSENDE SERIE WURDE 2006 MIT DEM **ANIMANIA-AWARD** FÜR DEN BESTEN MANGA NATIONAL SOWIE MIT DEM **SONDERMANN** GEKÜRT. 2007 WURDE DIE SERIE ALS EINZIGER DEUTSCHER MANGA FÜR DEN 1. **INTERNATIONAL MANGA AWARD** NOMINIERT UND ZÄHLT ZU DEN ERFOLGREICHSTEN EIGENPRODUKTIONEN IN DEUTSCHLAND. **»DIE WOLKE«** IST ANIKE HAGES ERSTE GRAPHIC NOVEL.